Testun gan
Julia Donaldson

Lluniau gan
Nick Sharratt

Gafr yn Mynd i'r Cylch Meithrin

Goat Goes to Playgroup

Addasiad gan **Elin Meek**

Daeth y ffrindiau i'r Cylch Meithrin.
Playgroup has begun.

Mae hi'n amser hwyl a chwerthin.
Time to have some fun.

Mae'r Gath yn rhoi ei chot ar fachyn,

Cat hangs up her coat.

Ac mae'r Afr yn troi fel olwyn!
Don't be silly, Goat!

Pan fydd y Wiwer wrth y tywod,
Squirrel likes the sand.

Bydd yr Afr yn gwneud sŵn hynod.

Goat has joined a band.

Peintio lluniau hardd mae'r Wenci.
A pot of paint for Weasel.

Mae'r Afr yn baglu, mewn trybini.
Goat knocks down an easel.

Pan fydd y Ci mewn gwisg fach ffansi,
Dog puts on a dress.

Bydd yr Afr yn gwneud drygioni!

Goat is in a mess.

Mwynha'r Ŵydd y grawnwin blasus.
A bunch of grapes for Goose.

Ond bwrw'r sudd wna'r Afr esgeulus.
Goat has spilt his juice.

Mae'r Mwnci bach yn cwtsio'n hapus.
Monkey has a cuddle.

Ond yr Afr sy'n wlyb ei drowsus.
Goat is in a puddle.

Mae'r Llygoden yn hau hadau,
Mouse is sowing seeds.

A'r Afr yn tynnu chwyn a blodau.
Goat pulls up the weeds.

Cana'r Wiwer - wel, mae'n seren!
Squirrel likes to sing.

Cwympa'r Afr oddi ar y siglen.
Goat falls off the swing.

Mae'r Mochyn Daear
wrth y llyfrau,
Badger reads a book.

A'r Afr yn gogydd gyda'r gorau.
Goat decides to cook.

Mae'n amser cylch, a phawb yn sgwrsio.

Now it's circle time.

Gwell gan yr Afr yw mynd i ddringo.
Goat would rather climb.

Mae hi'n bryd i bawb fynd adre'.

Home time - look who's come!

Ydy mam yr Afr yn rhywle?
Can you see Goat's mum?